STÉPHANIE GERVAIS

L'empreinte mystérieuse

À mes parents et mon frère Tomm,
qui font aussi partie de tous ces précieux souvenirs. - S.G.

ILLUSTRATIONS : SABRINA GENDRON

Dominique et compagnie

Les personnages

Magalie

Âgée de 8 ans, Magalie
est une jeune fille timide,
mais ambitieuse. Elle aime
beaucoup les animaux
et rêve de pouvoir travailler
un jour avec eux.

Olivier

Olivier est le frère
aîné de Magalie. Bien
que de nature prudente,
son esprit aventurier
le pousse parfois à prendre
un peu trop de risques!

Mélanie et Charles

Ce sont les parents de Magalie et Olivier.
Comme la famille est très importante pour eux,
ils apprécient que leurs enfants entretiennent
de si bons liens avec Yolande et Léo.

Yolande et Léo

Ce sont les grands-parents de Magalie et Olivier. Ils possèdent un chalet situé au fond des bois où leurs petits-enfants adorent passer du temps chaque été.

Alexandra

Du même âge que
Magalie, Alexandra vient
tout juste d'emménager
avec son père dans
un chalet voisin de celui
de Léo et Yolande.

Fred

C'est le père d'Alexandra.
Il est biologiste et
mène des recherches
sur la préservation
de la faune et de la flore
des marais québécois.

CHAPITRE 1

Une nouvelle aventure

Il pleut à boire debout depuis le matin. Magalie s'ennuie, seule dans sa chambre. Elle feuillette un magazine scientifique tout en écoutant

sa musique préférée

sur son iPod.

Son père apparaît

soudainement dans

l'embrasure de la porte,

un téléphone à la main.

—Magalie, ton grand-père

aimerait te parler!

Magalie ne l'entend pas,

car la musique est trop

forte.

– MAGALIE ! TÉLÉPHONE !

reprend son père.

La jeune fille sursaute,

puis enlève ses écouteurs.

– P'pa, tu m'as fait peur !

Qu'est-ce qu'il y a ?

– Pour la troisième fois,

répète son père, il y a

un appel pour toi !

Prends le téléphone.

Magalie s'empare

du combiné.

—Allô?

—Bonjour, Magalie, c'est
grand-papa. Comment
vas-tu, ma grande?

—Oh! Bonjour, grand-papa.
Je vais bien, et toi?

—Je vais bien aussi.
Je t'appelle pour savoir
si toi et ton frère auriez
envie de venir passer
une autre semaine au chalet,
avec ta grand-mère et moi.

Ce serait bien, non,

avant le retour à l'école ?

On partirait dans quelques

jours.

   Le visage de Magalie

s'illumine. Une autre belle

semaine d'aventures dans

les bois en perspective !

—Oh oui ! Quand

partirait-on ?

—Jeudi prochain, à 8 h,

répond Léo.

– Génial! On se voit jeudi!

– À jeudi, ma grande! Bye!

– Bye!

La conversation terminée, Magalie s'empare d'un petit sac de plastique blanc posé sur sa table de chevet. Avec précaution, elle en sort le moulage d'une empreinte d'animal. Deux semaines plus tôt, alors qu'elle et son frère Olivier étaient

en vacances au chalet

de leurs grands-parents,

ils s'étaient liés d'amitié

avec Alexandra, une jeune

fille qui habite avec

son père dans un chalet

voisin. La journée de

leur départ, Alexandra leur

avait donné ce moulage.

C'était celui d'une trace

d'animal qu'elle avait vue

dans un sentier, tout près

du lac des Îles. N'ayant pas

réussi à l'identifier, elle avait

offert à Olivier et Magalie

d'attendre leur prochaine

visite au lac pour en chercher

avec elle la provenance

et en percer le mystère.

Rêveuse, Magalie rejoint
son frère dans sa chambre.
Elle le trouve assis
à sa table de travail,
en train de fabriquer
le modèle réduit
d'une voiture de course.
—Hé, Oli, je viens de parler
à grand-papa. Il passera
nous prendre jeudi pour
nous emmener au chalet.

Olivier se tourne vers sa sœur. Un grand sourire se dessine sur son visage.

—Super! répond-il, emballé. J'ai très hâte de découvrir à quel animal appartient cette mystérieuse empreinte!

CHAPITRE 2

Enfin rendus !

Olivier et Magalie
sont heureux d'être
de retour au chalet
de leurs grands-parents.
Dès leur arrivée, ils ont
téléphoné à Alexandra

pour l'inviter à venir passer
la journée avec eux.

Son père devrait la conduire
au chalet en véhicule
tout-terrain d'ici une heure
ou deux.

—Les enfants, demande
Léo, en attendant
votre amie, que diriez-vous
d'aller pêcher sur le quai?

—Très bonne idée!
dit grand-maman Yolande.

Pendant ce temps, je vais ranger la nourriture au frais et défaire les bagages.

— **Ouache!** s'exclame Magalie. Grand-papa, tu sais combien je déteste la pêche! Merci pour l'offre, mais je passe mon tour.

—Moi, grand-papa, j'ai bien envie de pêcher, dit Olivier.

—Super, mon grand, répond Léo. Magalie, tu pourrais

faire un effort et nous

accompagner, au moins.

Rien ne t'oblige à pêcher,

tu sais.

La jeune fille réfléchit

un instant.

—D'accord, je viens avec

vous. Mais pas question

que je touche à un hameçon

et encore moins à un ver

de terre! Pauvres petites

bêtes…

Le grand-père, heureux

d'avoir la chance de passer

du bon temps avec

ses petits-enfants, se dirige

vers la remise située

à quelques pas du chalet.

Il y prend deux cannes

à pêche et un coffre,

puis se tourne vers Olivier :

— Hé, mon grand,

tu pourrais peut-être

nous dénicher quelques

gros vers de terre gluants
et appétissants?

Magalie a un haut-le-cœur.
Malgré tout, pendant que
son frère se met à fouiller
dans la terre, elle se dirige
vers le quai en compagnie
de son grand-père.

Une heure et trois petites
prises plus tard, le bruit
d'un véhicule motorisé
se fait entendre. Magalie,

qui s'était assoupie sur
le quai, se réveille et dresse
la tête. Elle surprend
son grand-père et son frère
en train de se quereller
amicalement afin
de couronner le meilleur
pêcheur du lac des Îles.
Elle jette un coup d'œil
dans le seau à poissons
et pousse un soupir,
découragée.

—Hé! vous deux, il n'y a que
trois prises dans votre seau!
Il n'y a pas de quoi en faire
un plat, non?

Quelques secondes plus
tard, Frédéric et Alexandra
font leur apparition
à l'entrée d'un sentier,
à quelques mètres de là.

—Voilà Alexandra! lance
Magalie, tout excitée
de revoir son amie. Elle tente

de se lever, mais ses pieds

ne réagissent pas comme

elle le voudrait. Elle baisse

la tête et constate que

les lacets de ses deux

chaussures sont attachés

ensemble. « Oh non !

pense-t-elle. Il m'a refait

le coup… »

Mais il est trop tard !

Magalie perd l'équilibre

et plonge tête première

dans l'eau fraîche du lac.

Sur la piste

Magalie, qui s'est séchée et changée, en veut toujours à son frère.

—Olivier, ce n'est vraiment pas ta meilleure idée!

—C'était l'occasion rêvée!
réplique le jeune garçon.
Mais tu sais quoi, sans
mon complice, je n'y serais
jamais parvenu… ajoute-t-il
en faisant un clin d'œil à
son grand-père, reconnu
pour ses talents de farceur.

Olivier et Alexandra sont morts de rire. Léo aussi. Yolande prend la défense de sa petite-fille :

—Laissez-la donc tranquille ! lance-t-elle en servant à Magalie un chocolat chaud à la guimauve. Tu es certaine que ça va aller, ma grande ?

—Oui, grand-maman. Merci.

Une heure plus tard, Magalie cesse enfin de bouder. Alexandra, impatiente d'entreprendre les recherches sur *la mystérieuse empreinte,* entraîne ses amis vers le sentier par lequel elle est arrivée, sous un ciel chargé de nuages menaçants.

En chemin, Olivier

se montre très curieux.

Il questionne Alexandra :

—Dis-moi, tu crois vraiment

que cette empreinte

pourrait appartenir

à une nouvelle espèce

animale ?

—Oui ! répond Alexandra

en récupérant le moulage

que lui tend Magalie.

C'est ce qui rend

cette affaire si *intrigante* !
Après avoir découvert
l'empreinte, je l'ai comparée
à toutes celles des espèces
qui peuplent nos forêts.
Et je n'ai réussi à l'associer
à aucune d'elles ! C'est
pourquoi je crois qu'on est
sur la piste d'un animal
vraiment très rare, peut-être
même inconnu à ce jour.
— Vraiment cool ! lance Olivier.

Mais sa sœur, malgré
son amour pour
les animaux, ne semble pas
tout à fait de son avis.
—Je trouve ça cool moi
aussi, mais je dois vous
avouer que ça me fait
un peu peur, toute
cette histoire. Et si
cette empreinte était celle
d'un monstre effroyable
ou d'une bête terrifiante?

—Tu t'inquiètes pour rien,
Magalie, lui répond
son frère. Les *monstres*
et *les bêtes effrayantes*,
ça n'existe pas!
—J'espère de tout
mon cœur que tu as raison...
   Après une quinzaine
de minutes de marche,
Alexandra s'arrête devant
un arbre gigantesque.

Un foulard rouge y est
accroché.

—On y est! lance-t-elle.
C'est mon foulard! C'est ici
que j'ai trouvé l'empreinte.

Olivier et Magalie
s'accroupissent sur le sol
et scrutent minutieusement
la terre.

—Inutile de la chercher,
la pluie des dernières

semaines l'a effacée,

explique Alexandra.

—As-tu vu d'autres

empreintes ailleurs?

demande Olivier.

—Non, je vous attendais

pour enquêter sur

ce mystère.

—Alors, on fait quoi?

demande Magalie.

Par quoi on commence?

—J'ai élaboré un plan
durant votre absence,
reprend Alexandra
en déposant son sac à dos
par terre. Vous me direz
ce que vous en pensez.

La jeune scientifique sort
de son sac un appareil
électronique étrange dont
Olivier et Magalie ignorent
la fonction.

—Qu'est-ce que c'est que
ce truc-là? demande Olivier,
intrigué.

—C'est un appareil photo
très spécial, répond
Alexandra. Je l'ai emprunté
secrètement à mon père.
Il est muni de capteurs
de mouvements.

Alexandra met l'appareil
en marche et l'oriente
droit devant elle.

—Olivier, tu pourrais passer devant moi?

Olivier s'exécute.

À l'instant précis où il arrive devant Alexandra, l'appareil photo se déclenche automatiquement.

—Et voilà le travail! lance
Alexandra, enjouée. Vous
avez vu ça? Lorsqu'Olivier
est passé devant la lentille,
l'appareil photo s'est
actionné de lui-même.
—*Vraiment trop cool !*
répond Olivier.
—*Génial* ! ajoute Magalie.
—C'est ici que j'ai repéré
l'empreinte, reprend
Alexandra, et je crois

que c'est l'endroit où
nos recherches devraient
commencer. Dans
cette partie de la forêt,
on se trouve sur le territoire
de l'animal qu'on cherche.
On devrait donc installer
l'appareil photo tout près
d'ici. On n'aura qu'à revenir
demain pour étudier
les photos qui auront été
prises pendant notre

absence, en espérant tomber sur *la bête mystérieuse*. Alors, les amis, que dites-vous de mon plan?

—Il est tout simplement super! lance Olivier, enchanté.

—Oui! Ton plan est vraiment chouette! ajoute Magalie.

Motivés à l'idée de percer le secret de l'*étrange empreinte*, les trois amis

installent avec précaution
l'appareil photo. Puis,
ils examinent un moment
le sol autour d'eux,
en espérant tomber
sur une nouvelle piste.
Quelques minutes plus tard,
déçus de ne pas avoir
découvert d'autres
empreintes, ils rebroussent
chemin vers le chalet.

Une fois de retour, Alexandra obtient de son père la permission de rester dormir avec ses amis. Le soir venu, après avoir dégusté de succulents hamburgers en compagnie de Yolande et de Léo, les trois amis replongent dans les livres et les magazines de zoologie d'Alexandra. Ils espèrent

y lire des informations

qui pourraient les aider

à identifier la mystérieuse

empreinte.

CHAPITRE 4

Un peu de patience !

Le lendemain matin,
Alexandra, Olivier et
Magalie sont réveillés
par une alléchante odeur
d'œufs, de bacon et

de confiture aux petites
fraises des champs.

Après s'être régalés
du festin que leur a préparé
grand-maman Yolande,
ils se rendent à l'endroit
où l'appareil photo a été
installé la veille. Alexandra
fouille dans son sac à dos et
en sort un mini-ordinateur
portable qu'elle allume.
Elle relie ensuite la caméra

et l'ordinateur à l'aide
d'un câble USB.

—Ça y est! lance-t-elle tout
en pianotant sur son clavier.

Magalie et Olivier ne
tiennent plus en place.

—Et alors? demande
Magalie. On a des photos?

—Oui! répond joyeusement
Alexandra. Il y en a cinq!
Je vais les télécharger…

Olivier et Magalie
se regardent, enchantés.
—Le téléchargement
est terminé! lance enfin
Alexandra. Voyons
ce qu'on a là…

Dans l'ordre, les cinq
photographies que fait
défiler Alexandra sur

son écran montrent

une mouffette, un renard,

une deuxième mouffette,

un raton laveur et…

un gros plan sur une sorte

de tache beige.

Alexandra tape sur

son clavier et zoome

sur cette dernière photo.

—Qu'est-ce que c'est

que ça? demande Olivier.

—Hum… je crois qu'il s'agit du pelage d'un animal.

Mais celui-ci est trop près de l'appareil photo.

On ne peut pas l'identifier.

—Un renard, peut-être? demande Magalie, intriguée.

—Oui, c'est possible.

Mais il pourrait aussi s'agir de l'animal qu'on cherche.

Pour qu'on puisse en être

certains, il nous faudrait
d'autres photos.

   La déception se lit
sur les visages d'Olivier
et de Magalie. Alexandra
le remarque.

—Hé, vous deux! dit-elle
avec entrain. Découvrir
des trucs scientifiques,
ça demande beaucoup
de patience! On reviendra
demain matin. L'appareil

photo aura peut-être capté
de nouvelles images.
Pour vous changer
les idées, que diriez-vous
de m'accompagner au labo
de mon père cet après-midi?
On pourrait lui donner
un coup de main en prenant
soin de Plumeau et
des autres animaux
qui sont hébergés
chez nous ces jours-ci?

—Bonne idée! répondent
en chœur Olivier et
Magalie, qui retrouvent
instantanément leur bonne
humeur.

Ils ont hâte de revoir
Plumeau, le hibou
des marais blessé
qu'Alexandra et son père
ont recueilli il y a quelques
semaines.

Pendant que les trois amis remballent leur matériel, un coup de vent emporte la casquette d'Olivier quelques mètres plus loin, entre deux arbustes. Le jeune garçon s'en approche pour la récupérer et aperçoit une série d'empreintes parfaitement bien conservées sur le sol.

—Les filles, venez voir ça!
Je viens de découvrir
un truc vraiment
intéressant!

CHAPITRE 5

Hors des sentiers battus

—Olivier, tu sais ce que tu viens de trouver? lance Alexandra, surexcitée.

La jeune fille sort le moulage de son sac

et le dépose tout près

des nouvelles empreintes.

—Elles ressemblent

drôlement à celle

du moulage. Grâce à toi,

Olivier, nous voilà

sur une nouvelle piste!

Prêts pour une petite

balade en forêt, les amis?

—Oui! répond Olivier

avec entrain. On n'a

qu'à suivre ces traces!

Mais sa sœur, un peu

hésitante, demande :

—En pleine forêt ? Et si

on se perdait dans les bois ?

Alexandra s'approche

de Magalie et pose

les mains sur ses épaules.

—Tu sais ce que dit

mon père, Magalie ?

Les découvertes scientifiques

les plus surprenantes

se font toujours hors

des sentiers battus!

Si on veut vraiment percer le mystère de *cette étrange empreinte*, on doit suivre cette piste. On va voir où elle nous mène. Si jamais c'est trop loin, on reviendra sur nos pas. D'accord?

Olivier implore sa sœur du regard.

—D'accord! lance finalement Magalie. On y va!

Après avoir ramassé
son matériel, Alexandra
prend les devants, suivie
d'Olivier, puis de Magalie.
Ils pénètrent dans la forêt
plus dense en se frayant
un chemin parmi les plantes,
les arbustes et les arbres.

Trois minutes plus tard,
Alexandra s'arrête net:
—Vous avez entendu ça?

—Entendu quoi? demande
Olivier.

—CHUT… Écoutez…
reprend la jeune fille.

Un faible miaulement
se fait entendre.

—On dirait un chat…
remarque Magalie.

—Ça provient de
cette direction,
dit Alexandra en pointant
vers la droite.

—Est-ce qu'il y a des chats
dans cette forêt?
s'informe Magalie.

—Pas que je sache,
répond Alexandra.

—Alors de quoi s'agit-il?
demande Olivier.

—Je n'en sais rien,
dit Alexandra, visiblement
intriguée.

Quelques minutes après
avoir repris leur marche,

les trois amis se retrouvent

devant un ravin.

— Les miaulements

proviennent d'en bas,

chuchote Magalie, craintive.

— Vous avez encore

vos walkies-talkies dans

votre trousse d'aventuriers ?

demande Alexandra.

— Oui, répond Olivier, qui

les récupère et les remet

aussitôt à Alexandra.

Une fois les appareils
mis en fonction et
synchronisés sur la même
chaîne, Alexandra en garde
un et donne l'autre
à Magalie.

—Je pars devant,
en éclaireuse. Restez ici
et faites le guet.
Je communiquerai
avec vous quand j'en saurai
davantage.

—Non, mais… attends !
lance Magalie, nerveuse.
Tu n'es pas sérieuse ? Et
si tu tombais sur un animal
aux longues dents acérées ?
Mais Alexandra ne
l'écoute plus et n'en fait
qu'à sa tête. Elle se fraie
un chemin jusqu'à la lisière
d'un petit sentier qui
descend dans le ravin.
Puis, elle se retourne,

fait un clin d'œil confiant

à ses amis et disparaît.

CHAPITRE 6

Dans les profondeurs du ravin

Après plusieurs interminables minutes, le walkie-talkie que tient fermement Magalie commence à émettre des sons étranges

et des crépitements.

La jeune fille sursaute.

— C'est quoi ce bruit ?

demande-t-elle à son frère.

— J'en sais rien… répond

Olivier.

— Hé, vous deux. Ça y est,

je suis dans le fond du ravin,

dit la voix d'Alexandra.

—Bien reçu, lui répond
Magalie. Qu'est-ce que
tu vois?

—Pour l'instant, rien,
répond Alexandra.

Mais j'entends toujours
le miaulement. Je vais
explorer les environs.

—O.K., répond Magalie.
Mais fais vite et sois
prudente!

Magalie est de plus
en plus *stressée*. Elle
s'inquiète pour son amie.

—Et s'il lui arrivait quelque
chose, Olivier? On devrait
peut-être aller la rejoindre…

—Mieux vaut attendre encore un peu, lui répond son frère. Si on n'a pas de nouvelles d'ici cinq minutes, on descend.

—O.K.

Quelques secondes plus tard, le walkie-talkie crépite à nouveau.

—Heu… les amis, je crois que j'ai trouvé quelque chose, lance Alexandra.

Non mais, qu'est-ce que
c'est que ce truc…?
Un rugissement s'échappe
alors des entrailles du ravin.
Terrorisé, Olivier arrache
le walkie-talkie des mains
de sa sœur:
—ALEXANDRA!
crie le jeune garçon.
Qu'est-ce qui se passe?
Magalie fixe le walkie-
talkie qui reste muet.

Elle craint le pire

pour son amie.

—Pourquoi ne répond-elle

pas ? demande-t-elle

à Olivier. Il s'est passé

quelque chose de grave…

Elle est peut-être tombée

sur une bête monstrueuse !

Elle a besoin d'aide,

elle a besoin de nous !

—OK, on y va, répond

Olivier, pétrifié par la peur,

mais impatient de venir

en aide à son amie.

CHAPITRE 7

Une découverte surprenante

Arrivés tout en bas,
Magalie et Olivier cherchent
Alexandra avec prudence.
Et s'ils tombaient nez à nez
avec la créature qui vient

tout juste d'émettre

ce rugissement menaçant?

À travers quelques

broussailles, ils repèrent

rapidement le walkie-talkie

d'Alexandra sur le sol,

mais aucune trace de

cette dernière. Sans perdre

espoir, Olivier et Magalie

continuent silencieusement

leur recherche.

Quelques mètres plus loin, ils aperçoivent enfin leur amie, juchée sur un rocher.

Alexandra se tourne vers eux.

—Vite, venez me rejoindre! dit-elle.

Soulagés de l'avoir retrouvée, Olivier et Magalie grimpent la rejoindre.

—Qu'est-ce qui se passe, Alexandra ? demande Olivier. Que fais-tu sur ce rocher ? C'était quoi, ce rugissement ?

Alexandra regarde ses amis, un sourire aux lèvres.

—Regardez par vous-mêmes, lance-t-elle en pointant le fond du ravin.

Magalie et Olivier
tournent la tête dans
la direction indiquée.
Avec stupeur, ils découvrent
tout en bas un grand fauve
étendu sur le sol, une patte
ensanglantée.

— C'est une lionne ! crie
Olivier en se redressant,
prêt à s'enfuir.

— Mais non, le rassure
Alexandra. Il n'y a pas

de lions dans les forêts
québécoises, voyons.

— Mais alors, de quel animal
s'agit-il ? demande Magalie,
intriguée.

— Je crois que c'est
un cougar, les amis !
Une espèce qu'on a déjà
crue disparue du Québec,
mais qui semble être
de retour depuis quelques
dizaines d'années ! C'est

un animal très rare!

Regardez comme

son pelage ressemble

à celui de la dernière photo

captée par notre appareil.

On a réussi, les amis!

On a percé le secret

de l'*empreinte mystérieuse*!

– UN COUGAR! s'exclame

Olivier. Mais les cougars

sont des fauves, donc

des bêtes dangereuses!

Il faut filer loin d'ici,

et vite!

— Pas de panique!

Ce cougar est blessé

à la patte. C'est d'ailleurs

à cause de cette blessure

qu'on n'arrivait pas

à identifier l'empreinte.

Et à voir l'état de la pauvre

bête, sa blessure s'est

probablement infectée.

Si on reste à une bonne

distance d'elle, je ne crois pas qu'on coure de danger…

Alexandra s'interrompt. Son regard se pose alors sur trois bébés cougars qui émergent d'un buisson situé derrière la mère. En miaulant comme des chats, ils se dirigent vers elle.

Le visage d'Alexandra s'illumine.

—Oh! Regardez ça!

s'exclame-t-elle.

Des bébés! C'étaient eux

qui miaulaient tout à

l'heure. Mais c'est… c'est…

exceptionnel ! Une maman
cougar et ses petits !
Wow, quelle découverte !
Mon père ne me croira
jamais ! Je dois prendre
quelques photos pour lui
prouver ce que je lui
raconterai.

Alexandra fouille dans
son sac à dos, s'empare
de son appareil photo
et prend quelques clichés.

—Et maintenant, on fait
quoi ? demande Magalie.
Il faut aider cette maman
cougar…

—Je crois qu'à partir de
maintenant, on a besoin
de l'aide de Frédéric,
intervient Olivier. C'est lui,
le biologiste, après tout !
Et ce serait beaucoup trop
risqué de s'approcher

de la cougar blessée,
surtout si elle a des petits.

—Tu as bien raison, répond
Alexandra. Je vais utiliser
mon GPS pour noter
la position géographique
de cet endroit, puis
on retournera au chalet
de vos grands-parents.
De là-bas, j'appellerai
mon père. Il se chargera
de la suite. À partir de

maintenant, on doit laisser
travailler les professionnels.

Une fois leur position
enregistrée, les trois amis
battent en retraite
silencieusement.

CHAPITRE 8

La créature du lac

De retour au chalet,

Olivier et Magalie racontent

leur journée extraordinaire

à leurs grands-parents

pendant qu'Alexandra

appelle son père. Elle lui résume toute l'histoire au téléphone. Frédéric a du mal à y croire.

Dix minutes plus tard, il arrive au volant de son VTT. Les enfants s'empressent de tout lui répéter de vive voix, en plus de lui montrer les photos prises un peu plus tôt.

—Mais… mais… c'est extraordinaire, tout ça ! s'exclame-t-il.

Puis, il demande aux enfants de lui indiquer la position exacte du lieu où se trouve la petite famille.

—Il faut vite voir à ce que cette maman soit soignée. Je m'en occupe, mais je dois d'abord te dire quelque chose, Alexandra, dit-il en se tournant vers sa fille. Je sais que tu as voulu bien faire, mais ton expédition aurait pu être *très dangereuse*. Tu aurais dû rebrousser chemin et venir m'aviser dès le moment où tu as réalisé qu'il s'agissait d'un fauve. Tu sais pourtant très bien que les cougars sont des mammifères

particulièrement rapides
et agiles. En restant
volontairement à sa portée,
tu mettais ta sécurité et
celle de tes amis en jeu.
J'aimerais que tu en sois
consciente et que tu sois
plus prudente à l'avenir.

Alexandra se mord
l'intérieur de la joue
pendant que son père
la réprimande.

—Je comprends, papa.

Je pensais que parce

qu'elle était blessée, elle ne

pourrait pas nous faire

de mal. Mais tu as raison,

ce n'était pas du tout

garanti… Je suis désolée…

—C'est bon. Maintenant,
je vais aller secourir
votre nouvelle protégée!

Arrivé dans le ravin, Fred
constate que la maman
cougar est vraiment mal en
point. Il utilise son cellulaire
pour communiquer
avec quelques-uns
de ses collègues qui
s'occupent, tout comme lui,
de préservation de la faune.

Un peu plus tard dans
la journée, une horde
de scientifiques et
de journalistes débarquent
au lac des Îles.

La maman cougar est
endormie et transportée
avec ses petits par
hélicoptère vers un refuge

spécialisé pour les animaux sauvages. Le vétérinaire qui est sur place pourra l'opérer dès son arrivée. Entre-temps, Olivier, Magalie et Alexandra jouent aux célébrités en répondant aux questions des journalistes.

Le soir venu, Alexandra est une fois de plus invitée à dormir au chalet des grands-parents d'Olivier et de Magalie. Avant de se mettre au lit, les trois amis se rendent sur le quai pour manger leur collation.

—Je n'en reviens pas encore! dit Magalie en croquant dans une galette. Quelle découverte! Quelle journée!

—Oui, ce n'est pas tous les jours qu'on rencontre une espèce animale aussi rare! répond Alexandra.

Vous savez, les amis,

ça représente beaucoup

pour la science, tout ça.

Chaque année, plusieurs

espèces disparaissent

de la surface de la planète.

Alors notre découverte

est vraiment précieuse!

–Oui, c'est merveilleux,

ajoute Olivier. Hé, vous avez

entendu ça?

Le jeune garçon tourne
la tête vers la gauche.

—Entendu quoi?

demande Magalie.

—Des bruits
d'éclaboussures, par là!

dit Olivier en pointant
une direction bien précise
sur le lac.

—Oh! ça doit être

le monstre du lac...

explique Léo qui arrive au même moment sur le quai.

—LE QUOI? s'écrie Magalie.

—*Le monstre du lac des Îles,* voyons! Vous n'avez jamais entendu parler de cette vieille légende?...

DANS LA MÊME COLLECTION

La créature du marais Olivier et sa sœur cadette partent en vacances au chalet de leurs grands-parents. Arrivé sur les lieux, le jeune garçon aperçoit une note sur la porte d'entrée. Attention! Entrée interdite dans le marais du lac des Îles. Une créature mystérieuse y a élu domicile... Pour ne pas effrayer sa sœur, le jeune garçon décide de lui cacher l'existence de l'étrange message. Mais leur excursion du lendemain dans le marais leur réserve bien des surprises…

Lucie Wan et la maison des mystères

Cet été, moi, Lucie Wan Tremblay, j'ai été adoptée par une chatte! Féline m'accompagne partout. Elle se prend pour un véritable chien policier! Grâce à son flair, elle remarque des choses étranges. Est-ce pour cela qu'elle m'a entrainée dans la ruelle interdite, près de la mystérieuse maison abandonnée?

Lucie Wan et l'énigme de l'autobus

C'est le grand jour! Moi, Lucie Wan Tremblay, je pars en vacances avec mon cousin et ma grand-mère. En arrivant à la gare routière, j'apprends que des objets ont été volés dans les valises des voyageurs. Qui est coupable de ces méfaits? Il faut absolument que j'élucide cette énigme…

Catalogage avant publication de Bibliothèque et Archives nationales du Québec et Bibliothèque et Archives Canada

Gervais, Stéphanie, 1984-

L'empreinte mystérieuse

(Roman noir)
Pour enfants de 8 ans et plus.

ISBN 978-2-89739-780-7
ISBN numérique 978-2-89739-781-4

I. Gendron, Sabrina, 1984- . II. Titre.
III. Collection: Roman noir.

PS8613.E794E46 2017   jC843'.6
C2016-942075-2
PS9613.E794E46 2017

Direction littéraire:
Françoise Robert
Direction artistique:
Marie-Josée Legault
Révision linguistique:
Valérie Quintal
Conception graphique:
Nancy Jacques

Droits et permissions:
Barbara Creary
Service aux collectivités:
espacepedagogique@
dominiqueetcompagnie.com
Service aux lecteurs:
serviceclient@editionsheritage.com

Dépôt légal: 1er trimestre 2017
Bibliothèque et Archives
nationales du Québec
Bibliothèque et Archives Canada

Dominique et compagnie
1101, avenue Victoria
Saint-Lambert (Québec) J4R 1P8
Téléphone: 514 875-0327
Télécopieur: 450 672-5448
dominiqueetcompagnie@
editionsheritage.com
dominiqueetcompagnie.com

Imprimé au Canada

Nous reconnaissons l'aide financière du gouvernement du Canada par l'entremise du Fonds du livre du Canada.

Nous reconnaissons l'aide financière du gouvernement du Québec par l'entremise du Programme de crédit d'impôt – SODEC – Programme d'aide à l'édition de livres.

Nous remercions le Conseil des arts du Canada de l'aide accordée à notre programme de publication.

Financé par le
gouvernement
du Canada